JN118361

非サイエンス詩学のすすめ ＊ 目次

非サイエンス詩学のすすめ

一　非サイエンス詩学のすすめ

非サイエンス詩学のすすめ

　昨今の文学や詩の状況を考究すると、アカデミック過多な文学者や評論家が最も評価される時代といってよいだろう。このことは文学を営為する私たちにとって深刻な状況下を生きることを意味する。この風潮こそが豊かで奥行きの深い魅力的な文学の衰退を招いていくだろう。一部で優れた魅力的な作品を産みながらも文学は豊かな土壌を喪失してしまうといってもよい。一九八〇年代に到り社会的芸術的分野に著しい変容が生じた。全てが科学的合理的精神を地平とする文明・文化の支配する時代の到来である。教育界でも全ての事象は科学という次元で捉えることを強いられる。何かが起これば科学的に証明できるかどうかが判断や認識の規範となる。科学的に証明できなければ全て否定される。恐ろしいことに、そのような思考や規範のもとに現実や人間存在までが捉えられ定義されてしまう。

　私たち人間存在は曖昧さや不安定さや矛盾に晒されながら生を受け、生かされている。この存在の奥行きは科学や合理性の領域をはるかに超えて無限に深い。この非科学性・神秘性そのものが人間存在の本質なのだ。すべてに科学的思考や認識・証明など通用するはずはない。しかし現状ではこの科学的合理的思考が人間存在をめぐる全ての現象・行為にも適用されるし、されなければならないという奇妙な強迫観念めいたものに支配されがちである。昨今、一部で好まれるアカデミック詩論にはときめきを誘発するものは少ない。

しかし実はその科学自体もまた不安定さに晒されながら発達してきた。科学者たちの絶え間ない営為によってもたらされる貴重な成果や証明はしばしば覆されていく。たとえば雄大な果てのない空を見上げてみよう。科学者たちはこの「無限で果てのない」宇宙の奥行きや神秘に手も足も出ない。

本来、科学の基礎は事物の観察から出発する。観察はものを見るという行為から始まる。見るとは光を対象に当てることだ。しかし検証する対象が光子より軽い場合は光を照射すると吹き飛んでしまい実験が不可能になる。つまり科学といえどもこのような限界性に拘束された学問である。

改めて宇宙とは何か、と問うてみよう。宇宙が始まりも終わりもないとはどういうことか。そもそも科学する人間存在自体が不安定で矛盾にみち限界性に拘束されている。そのような危うい限界性に拘束された存在が「宇宙」を問うことはおこがましいことではないか。そのような「私」という存在が究極的には何も証明できるはずはない。全てが虚無の中の営為でしかありえない。

この状況下で、非サイエンス詩学とは何かと問うてみよう。その問いをめぐるとき、まず見えてくる書物がある。萩原朔太郎著『詩の原理』である。その中に、次のようなフレーズがある。「感情とは意味である。」――ここで朔太郎のこの大胆なフレーズを巡り考察してみたい。

詩の根源は「感情」であると朔太郎は書く。しかし私たちは感情についての限りない考察や追究を怠ってきたのではないか。「情的過程全般を指す」という辞書的意味に拘泥し、生身の人間存在と絡ませた感情論を回避してきたように思われる。延いては、それは狭義的抒情詩論の横行を放置してきたことにもなるだろう。萩原朔太郎は昭和の初期に出版された『詩の原理』のなかですでに現代を生きる文学者の虚をつくような「感情とは意味である」という「感情論」を突き付けている。私たちは朔太郎まで立ち戻ってみる必要もあるだろう。

> 意味の最も深いものは何だらうか。主観的に考へれば、意味とは気分、情調である。人が酒に酔つてる時、世界は意味深く感じられる。恋をしてゐる時、世界は色と影とに充ち、到る処に意味深く感じられる。そして道徳や正義感に燃え立つてる時、或は宗教的な高い気分になつてる時、すべて人生は意味深く、汲めども尽きないものに感じられる。そこで主観に於ける此等の気分を、逆に呼び起してくるもの、即ち感情の高圧線に音波を伝え、心の電気を誘導させてくれるものは、すべて、意味としての認識価値があるものである。
>
> 萩原朔太郎「感情の意味と知性の意味」より

さらに朔太郎は別の箇所で、「意味の深さは感情の深さに比例し、より情線に振動をあたへるものほど、より意味の深いものである」と論じている。朔太郎の詩論には「感情の意味」という言葉が頻出する。感情とは単なる心の動きではなく、意味世界も包容するものだという持論を強調したかったのだろう。この「感情の意味」論は、感情・抒情というものを単なる心情の吐露として批判した戦後の短歌的抒情批判をすでにこの期に否定していたことになる。感情世界の深い奥行きを朔太郎は捉えていたのだ。現代詩が閉塞状況から脱皮できない背景の一つに、この「感情」追究の希薄さを指摘できるだろう。情感の吐露＝抒情詩という狭義的詩的概念に固執するあまり、現代詩は詩における「感情」を軽視した。感情は意味・思想・認識さえも包容することを朔太郎はすでに見抜いていたのだ。

非サイエンス詩学とはこのような内実を包容しながら深まっていく詩の世界である。さらに確認しておきたいのは、「詩学」という熟語についてである。広辞苑によると、「(poetics) 作詩上の規則や方法。詩法。また、その研究、詩論。」とある。この論考では「その研究」という意味・領域にこだわっていきたい。

文学の真価を決定するだろう文学的評価基準もその例外ではない。昨今の文学評論の現状について考えてみよう。ある詩人について論考する場合、先に述べたように非科学的、非合理的な資料や要素は拒否排除される場合が多い。たとえば宮澤賢治と対峙してみよう。

序（部分）

わたくしといふ現象は
仮定された有機交流電燈の
ひとつの青い照明です
（あらゆる透明な幽霊の複合体）
風景やみんなといつしよに
せはしくせはしく明滅しながら
いかにもたしかにともりつづける
因果交流電燈の
ひとつの青い照明です
（ひかりはたもち　その電燈は失はれ）
これらは二十二箇月の
過去とかんずる方角から
紙と鉱質インクをつらね

（すべてわたくしと明滅し
　みんなが同時に感ずるもの）
ここまでたもちつゞけられた
かげとひかりのひとくさりづつ
そのとほりの心象スケッチです

　宮澤賢治の時代を震撼させた詩集『心象スケッチ　春と修羅』はこうして始まっていく。独断的ともいえる厳しく内面に渦巻いていた固有の言語たちが噴出するかのようなフレーズは読み手の心身を震わせ、虜にさせる。たとえば、「わたくしといふ現象は／仮定された有機交流電燈の／ひとつの青い照明です」のフレーズの「わたくしはひとつの青い照明です」という断定表現は現代詩の領域からは排除されるだろう。しかし、ここには「わたし」という人間存在の不可思議さ、神秘、奥行き、雄大さなど、ことばや何ものも表現しがたい世界をとらえようとする総合芸術への創造の現場が疼き合っている。読みなれた詩歌とは全く異質な内容に読者は戸惑いを感じるはずだ。これは非サイエンス詩学との遭遇ともいえるかもしれない。

「青い照明」というフレーズがこの連に二回も出てくる。また賢治の作品を読むといたる所で「青白い」という言葉と出会う。そのことはこの人間存在の神秘性や奥行きを示そうとする思いが秘められている。合理性という領域とは厳しく乖離した世界にしか賢治の文学は存立しない。非サイエンス詩学の領域に躍動する作品群に私たちは時代を超えて感動するだろう。

宮澤賢治の、その存在を包容する宗教について考えてみよう。それは既成の宗教ではなく仏教、神道、民間信仰、キリスト教などを総合的に巻き込み理性的狂気的に包容した賢治教というべきものであろう。賢治が『春と修羅』を刊行した時、佐藤惣之助は「この詩集はいちばん僕を驚かした。何故なら彼は詩壇に流布されてゐる一個の語彙も所有してゐない。かつて文学書に現はれた一聯の語彙も持つてはゐない。彼は気象学、鉱物学、植物学、地質学で詩を書いた。」と絶賛した。彼は文学者、思想家、地質学や肥料研究家、天文学者などをみごとに包容し狂気的でやや危うさを伴いながらも奇妙な統一感を含む、不可解な天才としかたとえようもない人物だ。当時の非サイエンス詩学の実践者といってもよいだろう。合理的なものやいわゆる科学的なるものは尺度とはならず、その観点から人物像を構築してはいない。従って昨今の賢治研究は危ういものや非合理的要素は避け、魅力のない賢治像しか構築できない。真の賢治論には幽玄霊妙なる詩学というものが要求されることになるだろう。いわゆる非サイエンス詩学である。ちなみに昭和四十七年刊行の『詩の宇宙』で藤原定は宮澤賢治について「科学者である彼がむしろ完全に科学を突き放して自由奔放に感受している」と述べている。

昭和の初期には現在のようなアカデミック詩学は支配的ではなかったようだ。特に一九八〇年代以降その傾向が顕著になった。たとえば宮澤賢治が生徒たちと野を散策していた際、賢治が急に跳び上がる。不思議がる生徒に賢治はいま宇宙と交信したんだという。さらに最愛の妹トシが亡くなったとき、トシはどこか北方の海辺で白い鳥になってわたしを待っていると信じて北へ北へと向かっていく。現代の研究家たちはこうした賢治の奇妙な行動や信念を非合理的、非サイエンス的なものとして距離を置いていく。わたし自身もあるときの講演でこの賢治の奇行的な要素を肯定し重視する発言をしたことがあるが、すぐに聴講者から「それは単なる偶然だ」「錯覚にしか過ぎない」と批判された体験を持つ。このような常識的科学的な領域下で形成された詩人像には豊かさや生き生きした魅力や奥行きが欠けてしまうだろう。

　昨今の詩論に違和感を感じているので、ときおり、終戦から一九五〇年代ごろに刊行された詩論集や詩の鑑賞講座、詩人論などを手に取ってみる。最近の詩論では詩作品の分析や表現や批評に重点が置かれていて、スケール感が欠如しているものが多いが、この時代の詩論は、詩とは何か、いかに生きるかなど人間存在追究が詩論と絡み合っていたり、さらに日本とヨーロッパの詩や詩論との呼応・対比、追究など興味深く読み応えがあった。また敬愛する鮎川信夫、西脇順三郎、三好達治、黒田三郎などの評論を読むと、触れたら火傷しそうな熱いものが噴き上がってきたりする。もちろんサイエンス信仰や合理主義支配の様相の勃興以前の、生臭く熱かった時代そのものが書かせたものであることは否めないが、羨望の念も沸き起こってくる。中には崇高さ純粋さを選び詩を続け「死」を選ぶか、それとも俗世間の妥協的な「生」を選ぶかなど、いわば「真の詩」をめぐる死と生の二者択一をまな板に据える、危険な詩論に出逢ったりもする。これに反して昨今の作家や詩人論には近代精神や合理性、科学的批評精神が支配的になり論理的明晰な論究が好まれる。
しかしその詩人が孕む矛盾や欠陥や曖昧さや危うさや神秘的な想念・感受性が息づく世界を拒否し回避する立ち位置からは魅力的本質的な批評は生まれない。
たとえば次の詩作品について考察してみよう。

方法の午後、ひとは、視えるものを視ることはできない。

北ドビナ川の流れはコトラスの市からスコナ川となり史実のうすまった方位にその訛を高めている。果たしてそこにひとは在り、ウラルの高峰をのぞみながらてごろな森を切っている。倒れ木の音は落ちゆく地理に気をもみながら負の風をうけて、樵夫の午後に匿されてゆく。

在りかけるひとはいつも赧らんでいる。在りかけることは過ぎることだから、裸形の骨はよく柩から夜を視る。その青い怒りの山巓でひとはいつも在りかけて閉じる。

荒川洋治「キルギス錐情」部分

このフレーズにふれたときの篤い心身の情景を思い出す。フレーズたちは生き生きと変容し新しさを加えていくのをわたしは体験する。「方法の午後」という書き出しも刃物のように切れていて、感性も認識も美と魅力の病にとり憑かれかのようにそこに立ち尽くすばかりだった。続く「北ドビナ川の流れ」のくだりにくると、見知らぬ湿度のない土地に連行されて、ことばや意味を超えて読み手をまるごと捉えて離さない。もう意味・内容の追究などなどの余地さえない。非サイエンスの領域にさまよいこむ。ここにほんらいの詩学の世界がひろがっていく。

さらにたとえば峯澤典子の珠玉の詩集『ひかりの途上で』の次のフレーズたちを思いおこす。

灯台

生まれた土地をなくし
四季のはじまりを見失いかけたものは
見知らぬ露かげに宿をとり
時間を忘れて朽ちながら

幼い日に遊んだ水のほうへ
道を下ってゆけばいい
（中略）
幼い夏に何度か
家族で訪れた灯台は
半島の霧の突端に立ち
草木が生えにくい土の名残りを
なぐさめるように
灯される

暮れてゆく君ヶ浜から眺める
真白い塔の
懐かしい瞬きに
わたしは呼ばれ　ここまで来た
何ももたずに
ただ、在る、ために
（部分）

このフレーズたちは海や風の手によって両頰をやさしく挟まれながら海の方へ導いて

ゆかれる自分という個が生み出されていく。草木を恋う海辺の土への優しい思いが膨らみ、さらに美しく切れた感性のふるえる次の連へ誘われる、何という創造美。そしてこの詩集中、最も屹立するフレーズ「わたしは呼ばれ　ここまで来た／何もたずに」へ連なっていく。そう、わたしはいつか深いところ「ここ」へ呼ばれるのだ。そうして何ももたずに。日々のわたしたちはいろいろなものをもちすぎてしまった。いま、わたしは文明やサイエンスから遠く離れて。やがて読み手たちはじっと何かにみられている、何かに動かされている、そのような気配に包まれるだろう。

さらに評論においては「論理」「論理的」ということばに拘束されがちだ。たとえばある作品について、第三連と第四連は論理的に破たんしている。あるいは同一の登場人物が最終連では別の人物に変容しているようだと。しかし、ひとりの人物は状況・環境などにより、別の人物に変容することもある。私のなかの私は、生を受けつぎながら、変容し続けていく。よく観察すれば「私」はいくつもの「私」からなっていく。記憶とか体験とかによってのみ個は構築されない。じつは記憶とか体験から同一人物だと追認しているだけなのではないか。いかに記憶というものが危ういものであるかを私たちは認識させられていく。詩作品の「私」とはそのようなものではないか。固定され拘束された「私」は生き生きした魅力ある人物を創造できない。

昨今、私たちは詩や評論を執筆する際、建造物にたとえるなら瑕疵の少ない完成度の高い作品をめざして腐心する。それが疑いなく真摯な創作姿勢だとされる。しかしここで、私たちはそのような創作理念から脱出し、非学問的非教養的詩学へと踏み出さねばならない。これは私自身への、いわば非サイエンス詩学のすすめでもある。

＊

ここで私自身をめぐる奇妙な非サイエンス的としか受け止められない驟雨体験について記してみよう。奇妙なことに自己の過去をたどっていくとき、心象的劇的な場面でしばしば驟雨に出会う。それは必然としかとらえようがない。ひとの心情と驟雨とはときには激しく呼応しあっている。たとえば、拙作品についての考究をつづけよう。

二間と半間の三軒長屋格子戸はガラスにかわり
勝手口ふさがれしも
たたずまいそのままにして
草の戸も住替わる代ぞ玄関あけランドセルなげだしふたたびはははよぶこえかすかに
きこゆここちす
まどのそとさだめしもののごとくあめにわかにつよくくるうがごと
おちかかるはんせいきちかくのすきまうめつくさんけはいのひといきにふりかかり

て

「同行の家」より

子どもの頃、私たち一家は広島県呉市に住んでいた。あるとき姉・弟と三人でかつて暮らしたその家を捜しに行こうということになった。数十年経っているのだが、姉が所用で、その近くに行く機会があって、訪ねて行くと、住んでいた長屋が当時に近い形で残っていたというのだ。そのころ私たちは両親の実家のあった山口県長門市に移住していたのだが、懐かしさがこみあげてきて再訪の旅に出た。当日、空は晴れてはいなかったが、雨の心配は殆どなかった。

ところが、呉市に近づく頃から、ぽつぽつと雨が落ちはじめていた。住んでいた目指す長屋は懐かしい小さな石段の上にそっと残されてあった。呼吸険しくその石段を登り、長屋に近づき、ありし日の佇まいと対面する。全身を懐かしさに覆われ佇むと、突然激しい驟雨になった。それは私たちを待ち伏せしていたかのような凄まじいほどの雨だった。

この拙作「同行の家」はその時のことを書いたものである。「さだめしもののごとく」「くるうがごと／おちかかる」、まさに「定めし」「狂うがごどく落ちかかる」豪雨であった。私たちは、ここ、あそこと声をあげ、やがてそこを去るころになると、当然のように雨はすぐに止んだ。

その後、そのような劇的驟雨は再三私を待ち構える。たとえば学生時代からの親友の追悼式の東京の市ヶ谷の会場前で、そして故郷の山口県長門市に復元された金子みすゞ記念館を初めて訪れた際にも起こった。それは傘など何ら役立たぬほどの激しいもので、海中に投げ落とされたかのようなずぶ濡れの状況だった。

金子みすゞについての豪雨体験は、みすゞ発掘者の童謡研究家矢崎節夫氏も長門市で同じような奇妙な豪雨体験を著書に詳細に記している。

*

時代を少しさかのぼると、非サイエンス詩学の世界を無意識的に提示していた文学者に童謡詩人金子みすゞがいる。金子みすゞは私の郷里山口県長門市出身で私とは親戚筋に当たる。みすゞは矢崎節夫氏によって発掘されるまで郷里では全く忘れ去られていた存在だった。そのような理由から関わりが遅れてしまったが、私が初めてみすゞの墓地を訪れた際の奇妙な現象から記したい。

二〇〇四年四月、私は両親の法事のため、家族と帰郷した。その際、念願だったみすゞ記念館を初めて訪れた。その帰途、みすゞの町仙崎に住む姉と合流し近くの料理屋で食事をとった。食事が済み、三人で外に出ると姉が「いつの間に雨が降りよる」と言う。食事中は殆ど降っていなかったが、歩き始めたその途端に激しい豪雨となった。慌てて傘を広げたが全く役に立たず、私たちは横殴りの雨に叩きつけられた。手提げバッグに入れていた新しいビデオカメラの液晶が故障するほどだった。それは私たちを待ち伏せしたとしか思えないほどの異様な現象だった。

当地では死者が喜び歓迎すると雨を降らせるという言い伝えがあるという。そういえば、私の父が生前、うちの家系は金子みすゞ家と親戚にあたると言っていたことを思いだしていた。金子家の娘、上利りんがみすゞの祖母にあたるのだ。（私の戸籍名は上利という、各種の会員名簿には「上利方」と入れている。郷土史によると上利家は室町時代には武将大内義興の家臣であったと記してある）そんなことから私の墓参をみすゞが喜び豪雨を降らせたのか。

前にも少し触れたが、死者が雨を降らせる現象を私自身も幾度も体験している。金子みすゞと豪雨といえば、みすゞの発掘者矢崎節夫氏を襲ったものが最初だろう。氏がみすゞと親しかった人を集めテープレコーダで収録を行った際の豪雨である。それは墓標の苔をそぎ落とし、みすゞ銘を浮き上がらせ、矢崎氏を感動させた、あの語り継がれる神秘的な豪雨のことである。

先に触れたが、もともと風雨も小石も動物も人間存在も全てが「原子核」からできている。その原子核を構成する中性子は「意識」である。つまり万物に意識が関わっていることになるのだろうか。そういう観点から考察すれば、どこで異様で不可思議なことが生じても当然なのかもしれない。ただここでいう「意識」は、いわゆるデカルト、カント、フッサールなど哲学的な領域に連なっていくのかどうか、分子力学の領域に関わるもので専門外の領域なので深入りできないので残念でならない。しかし、たぶん、このような異様な非サイエンス的な事象も近い将来、問い直されていくに違いない。

それでも私たちは何かを規範にしなければ暮らしてはいけない。そのことからすると当面「科学的」がその規範となるしかないだろう。しかし、重要なことはその規範があくまでも「当面・一時的」なものであり、恒久的に文学や芸術界を支配してはならない。批評するとは、そのような厳しい範疇を厳守することだ。従って安易に「科学的」という語句を使用してはならない。特に金子みすゞの世界を論ずる場合には「科学的に」という規範は厳禁である。みすゞの世界は「非サイエンス」の世界なのだ。それはみすゞの場合だけではなく、今後、様々な文学作品もこの見地から再評価されるべきではないかと私は思っている。

その立ち位置から文学・創作を営為するならば過去の構築された日本の文学史も再構築され、さらに魅力的な新たな文学が再登場するだろう。新たな発見や証明により事実が事実ではなくなり日々変容していくからだ。しばしば使用される「科学的に見ても正しい」という論理基準がいかに不合理で危ういものであることを私たちは痛いほど認識することになるだろう。

二　現代詩の遺産をもとめて

現代詩の遺産をもとめて

Ⅰ　荒川洋治　あれからのわたしは遠くずいぶんと来た

優れた詩や詩集として評価されてきたもののなかには、なぜか批評や鑑賞を回避してしまう詩集や詩たちがあることを私たちは知っている。それら自体が何か論じがたいものを包容しているようなのだ。たとえば、荒川洋治の詩集『水駅』「見附のみどりに」や吉岡実の「静物」や「果物」、さらに松下千里の詩集『静かな朝』の詩たちである。ここでは、荒川洋治「見附のみどりに」をとりあげてみる。

見附のみどりに

まなざし青くひくく
江戸は改代町への
みどりをすぎる

はるの見附
個々のみどりよ
朝だから
深くは追わぬ
ただ
草は高くでゆれている

妹は
濠ばたの
きよらなしげみにはしりこみ
白いうちももをかくす
葉さきのかぜのひとゆれがすむと
こらえていたちいさなしぶきの

すっかりかわいさのました音が
さわぐ葉陰をしばし
打つ

かけもどってくると
わたしのすがたがみえないのだ
なぜかもう
暗くなって
濠の波よせもきえ
女に向かう肌の押しが
さやかに効いた草のみちだけは
うすくついている

夢をみればまた隠れあうこともできるが妹よ
江戸はさきごろおわったのだ
あれからのわたしは
遠く
ずいぶんと来た

いまわたしは、埼玉銀行新宿支店の白金《はっきん》のひかりをついてあるいている。ビルの破音。
消えやすいその飛沫。口語の時代はさむい。葉陰のあのぬくもりを尾けてひとたび、
打ちいでてみようか。見附に。

詩の突端に目を注ぐと言葉たちは読み手の心身にとり憑いてくる。やわらかく美しい言葉たちのその姿かたちに私たちはなすがまま身を預けるほかはない。

第一連の「まなざし青くひくく／江戸は改代町への／みどりをすぎる」の「改代町」もその一つである。

その新宿区改代町は都心でありながら、小さな商店や木造住宅の立ち並ぶ下町の佇まいを残す地域だ。わたしはなぜか二十代からここからそう遠くない市ヶ谷や東五軒町の二つの出版社に勤務したことがあり、このあたりも散歩した記憶もある。最近も付近を散策したが、懐かしくこの著者を身近に感じたりした。改代町から北へしばらく歩くと中央線の走る土手に出る。詩にでてくる「見附」とはたぶん牛込見附か四谷見附だろう。見附とは城門の番兵などが見張るところで、この辺りは江戸城の外郭の一部だ。

とにかくそんなに風情のある地域でもないのに「まなざし青くひくく」と抒情性豊かにうたいあげ夢のような世界をえがきだしている。荒川は只者ではない。

「はるの見附／個々のみどりよ」、土手やあたりの植物たちをひとつひとつ「個」として

受け止めて生き生きと登場させる。「朝だから／深くは追わぬ」、草たちはなぜ追われるのか、朝だからなぜ追うのをやめるのか。そんな行為の背景を隠しながら、抒情の息吹はさらにふきあがっていくのだ。

第三連の「妹は／濠ばたの～」の情景について、詩人仲間でよく語られるのを聞いたことがあるが、「妹がこらえきれなくなって濠の草むらでおしっこをしてきた」という解釈が定説である。そんな何でもない光景を美景に浄化してしまうのも荒川の職人技でもあろう。

荒川洋治とは何度も会ったりして親近感を感じている。最初に会ったのは、ある詩の会で隣り合わせに座り少し話した記憶があるが、二回目は、友人の松下育夫氏の詩集『榊さんの猫』の仲間うちの出版記念会の席上だった。出版記念会といっても総勢十人程度で会場は東京の高田馬場の落ち着いた喫茶店だった。ここでも隣り合わせになった。松下、荒川、私とはなぜか同じ大学の同窓だったこともあり部活や校庭や教授などの話で盛り上がったのを覚えている。

　江戸はさきごろおわったのだ
　あれからのわたしは
　遠く
　ずいぶんと来た

第五連もまた魅力的だ。「江戸はさきごろおわった」のに、わたしは随分生きてきたとある。ここでは時代というものの時間とわたしの時間とは次元を異にしている。客観的な時の時間は短くわたしの時間はとてつもなく長いのだろう。時間というものがわたしを過ぎるのではなく、わたしが時間の中を過ぎていくのだ。歩行を速めたり緩めたり、あともどりしたりして。

やがて詩は次のように最終連を迎える。一行目の「埼玉銀行新宿支店」は今はなく銀行そのものも改名したようだ。そのころ、お茶の水から新宿へ向かう中央線の乗客たちは、この銀行のガラスの白金のひかりを見ていたはずだ。

いまわたしは、埼玉銀行新宿支店の白金《はっきん》のひかりをついてあるいている。ビルの破音。
消えやすいその飛沫。口語の時代はさむい。葉陰のあのぬくもりを尾けてひとたび、
打ちいでてみようか。見附に。

このフレーズのなかの「口語の時代はさむい」は一部で流行語のようになった。それだけ荒川のこの詩はひろく読まれた証左である。現代詩のフレーズの一部が話題になる。詩が固有の狭い領域を超えて届いていく。

たぶん、そのような現代詩はいまはない。現代詩の抒情の変革をもたらす詩として、きっと後世に残るであろう。そして古風めいた湿りがちの抒情から透明で新たな抒情の秘境へと導く抒情の旗手として。
荒川洋治の詩たちのフレーズはキレがよくて、美しい。第一詩集『娼婦論』から、気に入ったものを幾つか抜き出してみよう。

方法の午後、ひとは、視えるものを視ることはできない。
見知らぬ樹を倒しても樵夫の口笛はきこえない。見知らぬ鳥を撃ち落としても狩人の帰路を視とどけることはできない。

以上「キルギス錐情」より

みやびを不順にしずめ
しぐれて　在る
諸島
パラレルに名をそりおとし
日暮れても　ととのえて在ることの
さぶしさ

「諸島論」より

再びソフィアの街。淡いひとの影は陽のありかを執拗に気づかせる。石を腰で踏みながら、死が最初にききつけそうな静かな名のりをあげるおんなたち。

「ソフィア補塡」より

石。石。石。この高原には石が咲きみだれている。どれも遺跡だ。絹の道へ歓喜して迷いこんだ彼らの幻影がこうしてうっすらと形を成した。そのすきまに正確に、ほぐれるような青い空が措かれている。

「タシュケント昂情」より

但しここには、亡姉のうす墨の、うらわかいほろびがある。みずぬれの紙芝居を見果てた遁辞の塩が緊密にしなう、しらふの曠野がある。暗く傾きながらも東部をせりあげる、萌さぬ地理がある。

「雅語心中」より

むなびれで韻をかしぎ
死の呼び水でやさしさを漉き
おびただしい男斧のほおばりに疲れ

「娼婦論」より

Ⅱ　寺山修司　熱く美しすぎる短歌の迸り（その病・死）

寺山修司との出会いには「病・死」が静かにかかわっている。東京都新宿区大久保にある社会保険中央病院の病室だった。彼はネフローゼに罹り寝間着姿だったが、不思議なほど健常者の装いに包まれていた。「死」の気配など微塵も感じなかったといってよい。病室に入ると、ベッドからすっと立ち上がり笑顔で私を迎えてくれた。昭和三十年、二十歳前後の若き歌人との出会いである。

その頃、わたしは寺山の短歌の虜になっていた。焦燥の孤独の不安まみれのわたしの青春に彼がどんなに感性的な喜びと美的快感を与えてくれたか。想起する度に感謝の念のようなものが立ちあがってくる。青春期の切ない愛や夢想や感傷や残酷さなどを見事に表現し、わたしの若い感性をふるわせ、虜にしたのだ。

わが夏をあこがれのみが駆け去れり麦わら帽子被りて眠る　「麦藁帽子」より

草の笛吹くを切なく聞いており告白以前の愛とは何ぞ　「美しき日々」より

売りにゆく柱時計がふいに鳴る横抱きにして枯れ野ゆくとき　「田園に死す」より

マッチ擦るつかのま海に霧ふかし身捨つるほどの祖国はありや

冬の斧たてかけてある壁にさし陽は強まれり家継べしや

「空には本」より

その寺山修司にどうしても会いたい。当時若い世代向けの文芸雑誌を編集していたのを幸いにその巻頭ページを飾るべく彼を訪ねて行ったのだ。

そこにいたのは熱く若き歌人・抒情の旗手であった。ベッドに寝ていたのだから当然寝間着姿なのだが、なぜか「病」という状況さえ超越したかのような姿だった。

そのとき「退院したら会いましょう」といって病院を後にしたが、しばらくして寺山から「退院したので」という電話があり、彼を訪問し交流が始まった。彼のアパートは新宿区戸塚の、高田馬場駅から徒歩十数分のところにあり、わたしの勤め先の出版社からもそう遠くない位置にあった。アパートには中央にコンクリートの廊下があり、その両側にこぎれいな部屋が並んでいた。当時の寺山はそんなに売れていなかったし、主にラジオドラマの脚本や雑誌に文章を書いていると言っていたのに家賃も高そうで不思議だった。寺山の部屋は廊下の左側の真ん中あたりで、その六畳一間には大型の本箱が一つ置いてあり、片隅に机があるくらいで清潔感にあふれていた。本箱は魅力的な本で満ち、あるとき、その中の一冊、サルトルの『自由への道』を借用したことがある。なかなか読む暇もなく返さないでいると、「貸した本、返してください」と大きな文字で書かれた葉書が舞い込んで、あわてて返しに行ったのを覚えている。

その後、寺山修司の名も売れ出し、著書も出版し始めた。会うたびに「買ってよ」といわれたが、「うん、そのうちに」と言って逃げていた。給料も安かったしおんぼろアパートの精一杯の暮らしだったから。彼が散文詩集『はだしの恋唄』を出したとき贈ってくれた。文庫本の幅を少し広げたような変型判のシャレた本だった。その扉の裏は彼のハンサムな写真が載っている。黒いタートルネックのセーターで左肩を幾分突き上げ身体をかしげている。頭髪は右から左へ流し前髪を垂らし、それとわからぬほどの微笑をのぞかせ、まさに美少年のポートレートだった。病の影は消えている。いまでもときどき手に取ってその本と対面したりして、彼との出会いを楽しんでいる。

寺山修司には「死」に触れた次のような作品がある。

いつでも死ぬのは他人ばかりだ
とデュシャンは言った
ぼくは他人ではない
ぼくは自分になる
それは消えること

マルセル・デュシャンは二十世紀の美術に影響を与えた作家の一人だが、「ぼくは自分になる／それは消えること」、ここには寺山らしい生と死の捉え方が含まれているキレのあるフレーズだ。

寺山修司は、一九三五年（昭和十年）十二月十日、青森県上北郡六戸村（現在の三沢市）で生まれた。父八郎。母はつ。父は当時刑事をしていて赴任地の異動で県内を数回移り住んだ。太平洋戦争が始まると父は出征し戦病死する。こうして母と子の貧しい生活が始まる。母は三沢のベースキャンプで働きだし米兵のメイドのような仕事に就き、ついには愛人のような存在のまま赴任地の九州までついていく。苦渋の選択だったのだろうが、結果的に母は子を捨て愛を選んだ。このことが寺山に深刻な影を落とすことになる。男の子にとって母親はこの世を生きる愛の揺りかごだといってよい。

その母は寺山の死後もずっと生き続けていたが、寺山にとって「母」は死んだ存在でなくてはならなかったのかもしれない。寺山は文学でよく母を死なせた。

たとえば、次の歌。

時には母のない子のように
だまって海を
見つめていたい
時には母のない子のように
大きな声で

叫んでみたい
だけど心はすぐかわる
母のない子になったなら
どこにも帰る家がない*

（部分）

文学はしばしばひとを、肉親さえも死なせることができる。何かを超えて生きのびていく、否定し、嫌悪し、踏み超えていくとき、文学は密かに手助けをしてくれる。寺山の文学や芸術は「母を死なせる」という虚構の屍を踏み越えて生き延びていったというべきかもしれない。この歌はカルメン・マキが歌い、作曲は田中未知だ。当時の田中の実家はわたしの現住所から近く勝手に親密感を抱いている。（*曲をつける前の原詩）

彼の「死」という概念は彼が前へ進む、生きていく、芸術を生んでいく源泉なのかもしれない。寺山はかけがえのないはずの「母」を否定し葬り去るところから、すべてを始めていったのだろう。因みに作曲の田中未知は寺山が亡くなるまでの十六年間、秘書兼マネージャーとして寺山を支え続けた。その著書『寺山修司と生きて』（新書館）が手元にある。静かで優しい寺山への愛の書だ。

この歌は一九六九年、大ヒットした。日本中の街角や酒場で流れ、それに聞き入る寺山の病と闘う深奥はどんなものだったか。救いようもない地平から熱いものが去来していたにちがいない。

ここで寺山修司の入院歴をまとめてみよう。

混合性腎臓炎で立川市の病院に入院　昭和二十九年
病気が再発　新宿区の病院に入院　病状悪化のため面会謝絶　昭和三十年
絶対安静が続く　昭和三十一年
肝硬変のため入院　昭和五十四年
再び肝硬変のため入院　昭和五十六年

このように寺山は死と病との隣り合わせの生涯だった。死と生との細い危うい隙間を必死に生きた文学者であった。寺山にとって死とは何か、思いを巡らす余裕はなかったのかもしれない。至近に在るものは客観化しにくいものだ。「死」とは何か。たとえばその定義を希求しようとする。それができるのは、「死」を客観視できる一定の距離がなくてはならない。寺山にとってはその距離はない。死・病に絡みつかれながら歌を書き、詩を書き、芝居を書き、舞台に立つ、そこには定義も原理も寄せ付けない。隙間がない。死という寝間着姿のようにネフローゼに包まれて。

彼との出会いは大久保の病院のベッドの上だったし、寝間着を着ていた。生と死とが同居している病院で。しかしそのときの写真は抒情的で美しく、最も寺山らしいものだった。その時の写真が手元にある。わたしの愛蔵写真だ。寺山には寝間着が良く似合う。

昭和五十八年四月、寺山は意識不明になり杉並区の病院に入院、五月四日死去。享年四十七歳。あまりにも若すぎる一生だった。

寺山修司の死について、元妻九條映子や友人たちがある雑誌に弔文を載せている。


身体の具合はどうですか？

熱は下がりましたか？

オシッコは出ていますか？

九條映子

葬儀場には少し遅れて着いた。

会場はすでに満員でたくさんの人々が入口付近で立って待っていた。

私の隣の少女はひっきりなしにしゃくりあげていた。

萩尾望都

考えてみると、寺山さんは、自分の過去をある時期から全て消し去り、こんどはフィクションという真実の中に、過去を構築して行くという作業に取り掛かったのであった。書くことで消していくという行為は、どこで区切っても終わりになるし、本当の終りは実に見えない。

萩原朔美

以上、田中未知『さよなら寺山修司』新書館より

文学や芸術の至福の舞台をただ執拗に熱く追究、演ずることで、「死」をのり超えようとして飛翔し続けた寺山修司。果たして、それが叶ったのか、そうではなかったのか。わたしはいまでも分からない。しかし、その悲痛なほどの試行錯誤や試みがいかに尊いものであったことは否定することはできない。

愛する修司よ、さようなら。ありがとう。

Ⅲ　吉原幸子　時代を震わせた幼年連禱のかがやき

一九六〇年代、わたしは仲間と「赤提灯」という詩の朗読グループを作り、毎月高田馬場付近の小さな会場で朗読会を行っていた。会が終わりその帰途のこと、仲間の一人が急に、ある詩のフレーズを口ずさみながら、「吉原幸子って、いいねえ」とつぶやいたことがあった。そばにいたわたしが感じたのは、現代詩のあるフレーズがこのような場に飛び出してくる。現代詩も捨てたものではないと思いながら、吉原幸子という詩人に嫉妬心のようなものを覚えたのを覚えている。
　それが何のフレーズだったのか、細部を記憶していないが、たぶん次のようなフレーズだったと思う。

こひびとよ　そんなにもありありと
むかしの話をしてくださいますな
　　　　　　　　　　　　　「こひびとよ」部分

目をつぶるやうに
耳もつぶることができたら

こころも　つぶることができたら

「ひとで」部分

いまも、このように愛される詩人は数少ないだろう。

吉原さんとは会合などで何度か見かけたことはあるが、個人的に話した事はなく、残念な思いがしている。彼女はほっそりしたスタイルの宝塚のスターのような外見だった。特に切れるような目が美しかった。たぶんこれほど美しい詩人は今後現れないだろう。「人形のように美しい」と評した詩人もいる。吉原は舞踏家の女性山田奈々子とのコラボレーションをよく開催し、その案内状をもらったことがある。そこに添え書きがあり、わたしの「鳥」(作曲・歌　辛鐘生)のことを褒めてあった。友人の辛鐘生はシンガーソングライターで、歌を歌っていると、「吉原さんはこの『鳥』をリクエストするんだよ」と嬉しそうだった。

この歌詞がただ一つ吉原とわたしとの接点であった。その拙作は次のような歌詞だ。

鳥

作詞　三田洋　曲　辛鐘生

わたしはぐっすりねむっていたのに
鳥は死んでしまった
わたしはなぜねむったのだろう
なぜねむれたのだろう

冬のあさ鳥が死んだ
止まり木からさかさにおちて
もう指一本ふれることができない（以下略）

その頃、わたしも吉原幸子を愛読していた。本棚から現代詩文庫『吉原幸子詩集』を手にとると、ほとんどのページが鉛筆だらけだった。アンダーラインやら四角やマルや添え書きやメモ書きや何だかわからないしるしで満ちていて、夢中になって読みふけった跡が過去の自画像を見る思いがしたのを覚えている。柔らかくて切れるように鋭く、「瞬間と血の詩人」という吉原小論をある月刊詩誌に書いたことがある。異質ともいえる様々な世界が入り混じる魅力的な詩人で、現代詩人の中でこんなに惹かれ憑かれた詩人は少ない。たぶん荒川洋治以上だったことを改めて知った。圧倒的に惹かれたのは初期詩集の『幼年連禱』（一九六四年刊）である。その詩集群の放つ硬質な抒情性、それを何と言ったら他者へ真っ当に伝えることができるだろう。

その『幼年連禱』から「無題《ナンセンス》」を選んでみた。

無題《ナンセンス》

風　吹いてゐる
木　立ってゐる
ああ　こんなよる　立ってゐるのね　木

風　吹いてゐる　木　立ってゐる　音がする

よふけの　ひとりの　浴室の
せっけんの泡　かにみたいに吐きだす　にがいあそび
ぬるいお湯
なめくぢ　匐ってゐる
浴室の　ぬれたタイルを
ああ　こんなよる　匍ってゐるのね　なめくぢ

おまへに塩をかけてやる
するとおまへは　ゐなくなるくせに　そこにゐる

おそろしさとは
ゐることかしら

ゐないことかしら

また　春がきて　また　風が　吹いてゐるのに

わたしはなめくぢの塩づけ　わたしはゐない

どこにも　ゐない

わたしはきっと　せっけんの泡に埋もれて　流れてしまったの

ああ　こんなよる

よく知られた詩であるが、まずタイトルの「無題」にナンセンスとルビをふっている。これはたぶん、たいしたことを書いているわけではないという謙虚な心情が託されているのだろう。

まず目に付くのは「ゐる」の多出だ。「ゐる」の主語は「風」「木」「なめくぢ」など。しかし「わたし」は「ゐない」である。風や木やなめくじには存在感があるのに、わたしにはない。さらに最も存在感を示しているのは「木」だ。「木　立ってゐる」「こんなよる」にも木は立っているのだ。

しかも木は風に立ち向かいながら、人間よりもしっかりと両手をひろげて立ち続けている。「命」が風の中に立ち続けているようである。「言霊」というものがあるとしたら、それを形にすれば「木」の形になるという研究者もいる。そのような「木」の存在感におびえるように「わたしはゐない」「どこにも　ゐない」のである。そして、「存在の」「不在の」奥行きを「おそろしさとは／ゐることかしら／ゐないことかしら」と私たちへ深く呼びかけていく。塩をかけるだけで、消えるなめくじ、わたしもきっと同じように「せっけんの泡に埋もれて　流れてしまった」のか、これは読み手への問いでもあるだろう。

そのほか、吉原幸子詩作品の気に入ったフレーズたちを載せてみる。

花わをつくって　あそばうよ　なみだたち
ああ　死んだ　わたしの時たち

「花」より

こひびとよ　そんなにもありありと
むかしの話をしてくださいますな

「こひびとよ」より

空いろのビー玉ひとつ　なくなってかなしかった
あのころの涙　もう泣けなくなってしまった

「喪失」より

人が死ぬのに
空は　あんなに美しくてよかったのだらうか

「空襲」より

目をつぶるやうに
耳もつぶることができたら
こころも　つぶることができたら

「ひとで」より

死にたいといふ日に
きれいになるためのジュースをのみ

「石」より

瞬間を　一枚の板にして
ときの流れを　せきとめる
それがわたしの　〈生きる〉あそび

「断つ」より

Ⅳ　岸田衿子　高原の風を呼ぶ感性の輝き

質素なお宅の和室に午後の陽ざしが降り注いでくる。炬燵にあたりながら詩のお話を聞いて過ごした冬のひとときを思いおこす。当時私は小さな文芸雑誌の編集をしていて、「脚光を浴びる若い詩人たち」というグラビア撮影のためにカメラマンと一緒に訪問したのだ。その時の写真が今も残っている。

岸田衿子はよく知られているように女優岸田今日子の姉である。一九二九年、劇作家の岸田國士の長女として東京に生まれる。東京芸術大学油絵科を出て画家を志すが、のち詩や童話を書き始め、絵本、翻訳、「アルプスの少女」主題歌など作詞も手がけた。

その岸田を東京・谷中に訪ねたことがある。そのころ、岸田は茨木のり子主宰の詩誌「櫂」に参加し詩作を発表していた。「櫂」には一時的に夫となる谷川俊太郎や、川崎洋、吉野弘などがいて、新鮮で感性豊かな詩誌として詩人たちから注目を浴びていた。

そのころ、岸田さんは新鮮な言語感覚あふれる『忘れた秋』という詩集をだしていて、私の心身をとらえていた。岸田さんは詩の佇まいそのままのようで日本人離れしたスタイルの気さくな美しいひとで、別の機会に訪問した際にはギターを聞かせてくれたりした。曲は情感豊かな「禁じられた遊び」だった。

この記憶は見果てぬ夢の青春の隠れ部屋のようにいまも私の深部で揺らいでいる。

その岸田衿子は二〇一一年四月に亡くなった。残念でならない。彼女はあれから現代詩から少し離れ、主として児童文学の仕事をしていた。いつまでも新鮮で時代の汚れにまみれてほしくないこどもの世界に生きた詩人だったのだろう。

忘れるのは

忘れるのは
山へ行く道が消えて
同じ道を戻るとき

おぼえているのは
道しるべのうしろから雲が湧き
時計の針が秋を思い出させるとき

迷うのは
その山道のまわりがうす紫の花で囲まれ
向こうへ向こうへと人を歩ませるとき

そしてきめるのは
口笛が二つになり　四つになり
やがて一人になって帰ってくるとき

岸田衿子には高原の詩が多い。傍らに立原道造が寄り添っているかのような美しい感性がことばを生み、山道に花びらのように少しずつこぼしていく。「そしてきめるのは／口笛が二つになり　四つになり／やがて一人になって帰ってくるとき」――ひとりで、道造とふたりで、そして三人、四人、あるいはたくさんの仲間やひとびとと交わりながら。そしてまたやがて一人になって帰っていく。ひとのゆく道とはこんなふうに、と岸田さんはうたいたかったのだろう。「時計の針が秋を思い出させるとき」は母親を想起しているらしく、彼女の詩にはしばしば「秋」が出てくる。詩集の題名も『忘れた秋』であり、母の名は秋子といった。

野についてかんがえよう

野についてかんがえよう
そこに二人は帰って行った

そこで二人は別々に考えたと
野について忘れよう
笛が河原がおきなぐさが
そうして二人を置き忘れたように

二人は思い出そう
そこにみんなを残したまま
翌年の又よく年の秋のことや
昨日や昨日の夏のことを

なぜ鳥は飛ばなかったろう
なぜぐうずべりは熟れなかったろう
なぜ人はよばなかったろうと
もう一ぺん考えてみよう

「二人」とはたぶん自分と「秋」のことだ。その秋とは母親へとつらなる。その二人は「笛が河原がおきなぐさ」によって置き忘れられた。もう二人は山から離れられない、俗世に戻れられない。そこがあまりに美しく魅力的だったからなのだろう。こんな表現が許されるのは、たぶん岸田しかいないのだろう。閉塞感ただよう現代詩からこんなに自由に遠くはなれて。そして、「なぜ鳥は飛ばなかった」のか、「なぜぐうずべりは熟れなかった」のか、私たちもしきりに考えなくてはならない。季節の移りについても。なぜ鳥も植物も自分の仕事を忘れてしまったのか。彼女の詩はそんな全ての仕事を止めてしまうのだろうか。この詩は不可思議な魅力や恐れを醸し出しながら私たちの中に閉じ込められていくだろう。

あかしあは尽きないのに

あかしあは尽きないのに
私たちがとまるので夏の行くのがみえる
川はぼんやり考える
海ってどんなところだろうと

川はあかしあの数だけつづく
私たちは夏が好きなので呼びとめない

（中略）

あかしあの影は終わって空だけになる
手紙には秋のことだけになるだろう
人びとが押し花を忘れると
街は風でいっぱいになるだろう

私は木の葉に染まった道をあなたの所へ行く
あなたはそんな私をのせてどこかへ行く

岸田衿子の詩のフレーズは平易な様相をみせながらいつの間にか心身にとり憑き、内部で増殖し続ける不思議な魅力を持っている。「私たちがとまるので夏の行くのがみえる」「あかしあの影は終わって空だけになる」「人びとが押し花を忘れると／街は風でいっぱいになるだろう」――ここには自然や風景や人物が何の境界もなく溶け合い、交歓しながらそこにありつづける。陽射しのように降りそそぐこのフレーズたちの美と奥行きはそのことと関わっているにちがいない。

母秋子に

死んだ人の枕元の手鏡に

昨日のようにえにしだがうつっている
しかしその人の香りは
今日で終わってしまった

あまり透きとおる眼は空をうつさなかった
しかし今日その人は眼を閉じた
きっと　もうじきくる秋も
その人はやさしく見るだろう

ゆくものととどまるもの
それをどちらが死とはいえない
秋をとどめたのはその人かもしれない

まだ私たちには秋はめぐらず
その人がすっかりいなくなってから
季節はかえってくるかもしれない

「忘れた秋」は愛する母への鎮魂詩でもあるのだろう。「忘れた」と言いながら決して忘れられない秋、「秋をとどめたのも母なのかもしれない」と衿子はおもいながら。「まだ私たちには秋はめぐらず／その人がすっかりいなくなってから／季節はかえってくるかもしれない」と確信する。「ゆくものととどまるもの／それをどちらが死とはいえない」という。彼女の世界には生も死も静かにめぐりながら混在しているのだ。しかし、永遠に秋は返ってこないことを知っている。季節の「秋」は母「秋子」の秋でもあるのだから。

岸田衿子は『忘れた秋』のあと、詩集『らいおん物語』を出し好評だったが、一九八一年出版した『ソナチネの木』も安野光雅の絵との共著で美しい詩集である。「絵から音楽が聞こえてくる　言葉に森の香りが漂う　魔法っぽい本です」とその帯に谷川俊太郎が推薦文を載せている。離婚後もよい関係が続いていたようだ。岸田さんとはそういうひとなのだろう。

その絵詩集から好きなフレーズを抜き出してみよう。

小鳥が一つずつ
音をくわえて　とまった木
その木を
ソナチネの木　という

わたしはえのぐをといた
昼をとっておくために
窓をみがいた
夜をとっておくために

花畑ではいつでもみんな
忘れものをさがしています
サンダルは女神を　楽譜はホルン吹きを
よごれたボールは男の子を

さがしにゆく
絵の中から　絵の外へ
まっすぐのびていた道を
峠の向こうがわへ　とばした風船を

小鳥も音も木も絵具も夜も花畑も衿子ワールドの中の住民たちである。ときには陰惨な現実にまみれたことばたちは高原のさわやかな風や美しい陽射しや光景に漱がれるようにして衿子ワールドへやってくる。ここではことばたちは透明感にあふれ甘美な香りを放ちながら舞っているかのようだ。これを無垢なファンタジーというのだろう。こんなことばを綴る詩人はいま、たぶんいない。その感性や言語感覚の放つ魅力を何と呼べばよいのだろう。高原が愛した詩人は立原で最後ではない。

V　石垣りん　真摯な日常が放つ鮮烈ポエジー

西武多摩川線多摩駅から始めなければいけない。一九八〇年代の九月四日、石垣りんさんらと詩人壺井繁治氏の墓参りをしたことがある。壺井繁治氏は若い頃アナーキスト的なグループ「赤と黒」の同人だったが、晩年には「詩人会議」などいわゆる社会派の詩人たちのリーダー的存在だった。石垣さんは自らの作風や詩概念を異にしながらも社会派へのシンパシーを感じていたらしく生前の壺井氏らとよく行動を共にしていた。彼らの現実に対峙する誠実さ真摯さに共感を覚えていたのかもしれない。

総勢数十名、私たちは山手線高田馬場駅に集合し乗り換えながら小さな多摩駅に着いた。墓地はここから少し歩いたところにあった。駅のフォームに降り、階段を上り階段を下り駅前広場に集まった。わたしはまだ若かったから、足どりも軽く先頭のグループで後続を待っていた。やがて石垣さんたちの最後尾の人たちがやってきた。石垣さんの姿も見えた。最後のあと二段あたりだったと思う。とつぜん石垣さんは躓いてしまった。私たちは息をのむ。両ヒザを地面にたたきつけ、血が滲んだ。

そこから目指す壺井氏の墓碑までは十数分を歩かなければならない。私たちはゆっくり歩いたが、それでも石垣さんはつらそうだった。

屋根

この屋根の重さは何か
十歩はなれて見入れば
家の上にあるもの
天空の青さではなく
血の色の濃さである。

私をとらえて行く手をはばむもの
私の力をその一軒の狭さにとぢこめて
消費させるもの、

病父は屋根の上に住む
義母は屋根の上に住む
きょうだいもまた屋根の上に住む

風吹けばぺこりと鳴る

あのトタンの
吹けば飛ぶばかりの
せいぜい十坪程の屋根の上に、
みれば
大根ものっている
米ものっている
そして寝床のあたたかさ。

負えという
この屋根の重みに
女、私の春が暮れる
遠く遠く日が沈む。

壺井さんの墓碑まで石垣さんらと歩きながら、ふとこの詩のあるフレーズが浮かんだのを覚えている。「天空の青さではなく／血の色の濃さである」――「この血」は澄んだ清々しい血ではなく、痛々しい膝から滲む深い奥行きを孕んだ血と呼応していくように思えた。それはまた「血」が包容するつながる痛みとして、生きる痛みとして石垣りんの生や作品の奥行きと深いところでつながっていくかのような感慨と重なっていた。

石垣りんさんとは会合などでよくご一緒した。詩に厳しくお世辞をいわないひとであった。ある友人の出版記念会でのことである。挨拶に立った石垣さんは「この詩集のタイトルはいいですね」と、それ以外は一言も発しなかったのを覚えている。じぶんにも他者にも厳しい詩人であった。またある会合の二次会の席での「贈っていただいた著者のことを考えると、詩集は一冊も捨てられません、狭い部屋だけど積み上げた詩集の隙間で寝ています」という言葉も忘れられない。優劣は別にして詩人たちの書くことの真摯さとその掛け替えのない思いを自己のものとして抱え込んでいたのだろう。

昨今、暴力や殺人事件は家族間で頻発する。血統や遺伝子が憎しみや嫌悪を増発させる、そのような想像を絶する時代に私たちは暮らしている。けれども、この詩集が展開するのは親族が密接につながりながら一体となって生きる家族像である。石垣りん詩集『表札など』は一九六〇年頃、かかれたものだ。貧しさや嫌悪感や憎しみを超えて、おのおのが家族を背負いながら、より良い明日をめざそうとしていた時代だった。ひとびとは大地にしっかりと脚をつけて生きていた。懸命に生きること、それがすべてだった。そこには非日常や非リアリティなど入り込む余地などない。

暮らしと詩が隙間なく一体となりながら存立する。石垣りんはそのような状況下で優れた仕事をした。四歳のとき、生母と死別。以後、三人の義母らと生活する。小学校を卒業すると銀行に事務員として務め、家族の生計を支えた。そんな日々を真摯に生きながら詩作に励む。暮らすことは詩をかくことであり、詩をかくことは生きることである。そして、日常がすべてであり掛け替えのないものであることを私たちは石垣の詩から体得するのだった。この「屋根」には石垣りんの生と文学の土壌のようなものが窺われる。石垣の作品はこのような複雑で異常な家庭環境を背負うことから生まれた。次はそれを如実に示す作品である。

くらし

食わずには生きてゆけない。
メシを
野菜を
肉を
空気を
光を
水を
親を
きょうだいを
師を

金もこころも
食わずには生きてこれなかった。
ふくれた腹をかかえ
口をぬぐえば
台所に散らばっている
にんじんのしっぽ
鳥の骨
父のはらわた
四十の日暮れ
私の目にはじめてあふれる獣の涙。

作品は日常を即物的に覚めた目でメモ書きのように淡々とはじまっていく。しかし読み進むにつれて次第に何やら恐ろしさや悲しさが吹きあがっていき、日常という光景の奥行きが顕になっていくのだ。生きることの人間存在のどうしようもない現場が見えてくる。生きるとは「メシ」「野菜」「肉」「空気」「光」「水」「親」「きょうだい」「師」「金」「鳥の骨」「父のはらわた」を食うことであり、すべてはわたしの心身そのものなのだ。それだけではない。この作品に省略されている懸命に生きた時代も風景も心身そのものであることに私たちは気づいていくだろう。

半身不随の父が
四度目の妻に甘えてくらす
このやりきれない家
職のない弟と知能のおくれた義弟が私と共に住む家。

柱が折れそうになるほど
私の背中に重い家
はずみを失った乳房が壁土のように落ちそうな

「家」（部分）

石垣りんの詩の底辺に居座り続けるのはこの定位家族の重圧である。それをあるがままに真摯に受け止めて生きる逞しさである。その逞しさや真摯さが、世界の深奥を見る眼を鍛えていくのだろう。それは何気なく恐ろしいフレーズを生み出す。

鬼の食事

行年四十三才
男子。

お待たせいたしました、
と言った。

火の消えた暗闇の奥から
おんぼうが出てきて
火照る白い骨をひろげた。

たしかにみんな、
待っていたのだ。

会葬者は物を食う手つきで
箸を取り上げた。

礼装していなければ
格好のつくことではなかった。

（部分）

詩を形成する「ことば」「フレーズ」とは、このようなものを指す。この詩はそのことを見事なほどに教示している。「たしかにみんな、／待っていたのだ」「物を食う手つきで」

「礼装していなければ」「格好のつくことではなかった」。石垣りんの鋭い感性と深い認識とが絡み合い結実する。このような詩とは容易に出会えるものではない。

たぶん、それらは時代と空間を超えて響きつづけていくにちがいない。

Ⅵ　新川和江　平易な奥行きと裾野

スキージャンプの葛西紀明をレジェンドとよんで尊敬されたが、いま詩人の男女のレジェンドといえば、たぶん谷川俊太郎と新川和江さんになるだろう。その新川和江さんとわたしとの交流は数十年に及ぶ。出会いは東京恵比寿のお宅を訪れたことから始まる。そのころ私の編集する文芸雑誌に詩の掲載をお願いに伺ったのだが、気さくで綺麗な方で話が弾んだのを覚えている。

その後、新川さんとは詩誌「地球」や世田谷詩人グループや世田谷区主催の「詩と作曲の会」でもお世話になり現在に至っている。また詩集やエッセイ集などを出されると必ず贈ってくださり、うちの本棚には新川さんのコーナーが出来ている。新川さんの豊かな感性と認識のからむ平易で奥行きのある詩が好きで、第一詩集『睡り椅子』から『ブックエンド』など最新詩集まで愛読している。新川さんについてまず感動するのは時代の変容や流れに迎合しない創作姿勢を貫いていることだ。あの六〇年代の全共闘時代には既成概念打破というラジカルで異様な詩的変容の中で「主知的」な詩を要求されたが迎合せず、ぶれることなく常に自己の感性に忠実だった。また子どもむけの雑誌にも「お子様ランチ的な詩は、私は書かないことにしている」と主張するなど反骨精神も旺盛なのだ。さらに驚嘆するのは、その絶えない創作力と考究心と若さである。たぶん同世代の詩人でこのような若々しい創作力に富んだひとは存在しないだろう。またその詩の対象も多様で広い。子供から中高世代の詩人たちや詩壇からも受け入れられる。数年前、「現代詩手帖」が新川和江特集号を出した。

昨今の現代詩は一般読者を失い、詩集を出版すると詩人同士で贈りあうしかないという閉塞感の深い出島のような場所で営為している。しかし新川詩の世界には閉塞感など微塵もない。平易で読みやすく広い詩の愛好者層を包容している。そのような貴重な存在でもある。

「私の詩はほとんど（問いかけ）の詩である」「愛ってなんですか」「幸福ってなんですか」。
随分長く生きてきたはずなのに、
私にはまだ何ひとつわかっていない。

「愛の履歴書」より

このような新川さんの謙虚さが詩作の持続性や新鮮さを生みだしているのだろう。

随分前のこと、「地球」の二次会の席だったと記憶しているが、送付されてくる詩集の多さが話題になったことがある。その際、「でも私は、午前中は送られてきた詩集を毎日二冊は読むことにしているのよ」と話したことがある。新川さんのこの言葉に贈呈詩集への自己の対応に対し恥ずかしい思いをしたことを思い出す。

世田谷の「詩と作曲の会」でも作曲家の方たちの評価が高い。詩の本質は「うた」であると主張する新川詩はイメージや豊かなリズム感に富んでいて作曲しやすいようだ。作曲された詩は二百篇に及ぶという。

新川さんの詩作品で気に入ったものは数えきれないが、初期の『人体詩抄』も好きだ。その中の「口」「顳顬」「臍」など今も記憶に残っている。特に気に入っているのは評価の高い「わたしを束ねないで」「ふゆのさくら」「比喩ではなく」などだ。

ふゆのさくら

おとこことおんなが
われなべにとじぶたしきにむすばれて
つぎのひからはやぬかみそくさく
なっていくのはいやなのです
あなたがしゅろうのかねであるなら
わたくしはそのひびきでありたい
あなたがうたのひとふしであるなら
わたくしはそのついくでありたい
あなたがいっこのれもんであるなら

わたくしはかがみのなかのれもん
そのようにあなたとしずかにむかいあいたい
たましいのせかいでは
わたくしもあなたもえいえんのわらべで
そうしたおままごともゆるされてあるでしょう
しめったふとんのにおいのする
まぶたのようにおもたくひさしのたれさがる
ひとつやねのしたにすめないからといって
なにをかなしむひつようがありましょう
ごらんなさいだいりびなのように
わたくしたちがならんですわったござのうえ
そこだけあかるくくれなずんで
たえまなくさくらのはなびらがちりかかる

「ふゆのさくら」は、「おとことおんなが／われなべにとじぶたしきにむすばれて」と冒頭から土着的な響きと鮮明なイメージでグイグイ引き込まれて行く。「破鍋」に「綴蓋式」、何という的確な比喩だろう。さらにタイトルは私たちを釘付けする。「冬の桜」とは何か、それは最終行と呼応しながら、寒く厳しい冬を桜の花びらが散っていくのだ。現実を超越して降る雪。そこには作者の強い意志が漲っている。そして、ひらがなばかりの文字のつらなりはまさに花びらそのもののように読み手の眼前を覆いつくす。その一行いちぎょうが花びらの列でもあろう。そのような冷たく美しい風景をかつて私たちは見たことがあっただろうか。あなたが鐘楼の鐘であるなら私はその響きでありたい。糠味噌臭くなりたくない私。一つ屋根の下に住めないあなたと私、そんな複雑な関係性のふたりを包み込むように輝き続ける誠の愛のうえにこの私の前にも雪はなおも降りかかり積もっていく。

さらに新川詩で心身にとり憑いてくるのは次の詩である。

わたしを束ねないで
あらせいとうの花のように
白い葱のように
束ねないでください　わたしは稲穂
秋　大地が胸を焦がす
見渡すかぎりの金色の稲穂

わたしを止めないで
標本箱の昆虫のように

高原からきた絵葉書のように
止めないでください　わたしは羽撃き
こやみなく空のひろさをかいさぐっている
目には見えないつばさの音

わたしを注がないで
日常性に薄められた牛乳のように
ぬるい酒のように
注がないでください　わたしは海
夜　とほうもなく満ちてくる
苦い潮　ふちのない水（以下略）

この詩作品は読み手の心身を締め付けてくるような力感あふれるフレーズの魅力に充ちている。紙面の都合でこの作品について詳しく触れられないのは残念だが、読み手にとり憑いてくる新川詩の魅力をいかんなく見せつけている。新川さんはわたしの詩的支柱のような詩人でもある。出会えて感謝したい詩人のひとりだ。

三　新私考　金子みすゞ

郷里の詩人・金子みすゞ

Ⅰ　私が私を食べる詩「お魚」

金子みすゞについてはすでに語り尽くされている感があるが、ここでは同郷の書き手という視点からみすゞを再考察してみたい。みすゞと私とは同郷であり親戚でもある。あとでもふれるが、その通い合う血脈のようなものが深奥で疼き合い愛しさをふきあげてくる。

よく知られた「お魚」という詩がある。

お魚

海の魚はかはいさう。

お米は人につくられる、
牛は牧場で飼はれてる、
鯉もお池で麩を貰ふ。

けれども海のお魚は
なんにも世話にならないし
いたづら一つしないのに
かうして私に食べられる。

ほんとに魚はかはいさう。

私たち人類は生き物を食べなければ生きていけない。この作品には人間存在そのものが生まれながらに孕む「罪」の意識を表現しているように受け止められる。確かにその解釈は正しい。しかし、この作品はそれだけでなく、さらに深い奥行きを孕んでいるように思われる。そのことは、次の作品「私」を重ね合わせてみると何かが見えてくるだろう。

私

どこにだつて私がゐるの、
私のほかに、私がゐるの。

通りぢや店の硝子のなかに、
うちへ帰れば時計のなかに、

お台所ぢやお盆にゐるし、
雨のふる日は、路にまでゐるの。

けれどもなぜか、いつ見ても
お空にや決してゐないのよ。

「どこにだって私はいる」とは何か。たとえば、みすゞが雪、時計、小鳥、魚について書くとき、まずそれらの身になりたいという衝動のようなものを感じとる。一方的に観察するのではなく、相手の側に立って、たとえば私が魚になり代わって世界を見たいという衝動的な精神状況である。謙虚で優しい思いやりの情である。そのため私はいろいろなものに入り込み、私になる。「どこにだつて私はゐる」のだ。それはみすゞの謙虚さであり誠実さであり無垢な愛情なのだろう。

さらに、ここで、「お魚」の詩に戻ってみる。魚の側に入ってみる。みすゞは「私」＝魚になる。すると食べられるのは私である。つまり「お魚」は、「私が私を食べる」、そのような地獄絵のような図式が立ち上がってくる。読み手は無意識にそれを感じとってしまうので、感動・衝動は深まっていくのだろう。そしてさらに奥行きは広がる。

金子みすゞの作品は何となく読んでしまいがちだが、注視していくと奇妙な世界が見えてくる。「お魚」以外の作品をみてみよう。

たとえば「積つた雪」という作品がある。

積つた雪

上の雪
さむかろな。
つめたい月がさしてゐて。

下の雪

重かろな
何百人ものせてゐて。
中の雪
さみしかろな。
空も地面もみえないで。

金子みすゞは、ここでは、積った雪に成り替わって事物を見、雪の心情になって寒さや重みを感じとる。そのことで「重い」「寒い」という心情は私の心情となる。さらに「中の雪／さみしかろな」では何も見えないものの孤独感に連なっていく。「雪」という物質が感じる孤独感は作者の心情と同一になる、それは私の淋しさなのだ。

次に金子みすゞの代表作についてみてみよう。

私と小鳥と鈴と

私が両手をひろげても、
お空はちつとも飛べないが、
飛べる小鳥は私のやうに、

地面を速くは走れない。

私がからだをゆすつても、
きれいな音は出ないけど、
あの鳴る鈴は私のやうに
たくさんな唄は知らないよ。

鈴と、小鳥と、それから私、
みんなちがつて、みんないい。

この作品は「私と小鳥と鈴と」と三者を比較しているが、それらは私（人間）小鳥（動物）鈴（物質）との比較だ。通常私たちが一般的に比較対象にするのは人間同士――たとえば大人と子供。女と男。鳥同士――雀、カラス、鳩。乗り物同士――飛行機、車、船など、仲間や同種のものたちだ。なぜ異種のものたちを同列に扱うのか。そこには物質や人間存在や動物たちを差別しない、鈴も小鳥も人間も同様に重い存在だし同じ価値観を共有するという思想・概念を包容していたからだろう。

ここでは動物も物質も同一線上に並び、それらはすでに物ではなく、私でもある。私が硝子や時計になる。私が雪になる、小鳥になる、魚になる。それはみすゞにとっては何ら奇妙なことでも非常識なことでもない。

ここにはサイエンスも物理学も量子力学もない、それは雪のような純白の世界なのだろう。大正から昭和にかけて、金子みすゞはすでに非サイエンス詩学を構築していたのかもしれない。

Ⅱ　山陰・海・鬼の食事

金子みすゞの生まれた山陰の海、仙崎湾は美しい。北へと伸びる尖塔のような仙崎のまちに、シャッポのように東西にまたがる青海島のために仙崎湾の波は穏やかで、海の色彩は譬えられないほど美しい。その海をみすゞは「こみどり」（濃い緑）と詠った。それは緑と青の入り交じった透明感の高い神秘的な海だ。ここを訪れた友人たちはこぞって海の色彩を褒める。私はその青海島で育ち、みすゞの見た同じ海を見、同じ風に吹かれて育った。海とともに生き、暮らす「海の血」を持つ私たちは、人は海から生まれ、やがては海へ還っていくという思いが深い。

仙崎湾ではそのむかし鯨がよく捕れた。近代以降はあまり捕獲されなくなったが、私の子どもの頃に幾度か鯨が捕れたのを覚えている。鯨が捕れると噂はすぐ村中に広がる。その巨体は運べないので波打ち際で解体される。その南野と呼ぶ海岸（みすゞの父親庄之助の実家である石津家はその途中にあった）へ子どもたちは駆けだしていく。そして小高い場所からその解体作業を見守るのだが、そのときの光景を今も鮮烈に覚えている。

私たちは息を呑む。誰も口を利かない。見下ろす海には信じられないような光景が広がる。海が真っ赤に染まるのだ。巨大な生き物が流す血で海は真紅に変貌していたのだ。白い腹を見せて横たわる巨体の砂浜には黒い血の塊があった。赤く染まった石の群れがあった。私たちはニンゲンが巨大な食べ物を料理しているのをただ見下ろす。漁師たちは皮と肉を、肉と骨を手際よく分けていく。それは鬼の食事の準備のように見えた。私は友人たちを残し、潮風の中を足音をさせないように帰っていく。そして、おぼろげながらも人間というものの怖ろしい奥行きが少しずつ見えてくるようだった。

鯨の肉は村のすべての家に一塊りずつ無料で配られる。その夜、美味しいはずの肉が喉を通らなかったのを覚えている。みすゞも捕鯨のことはかいているが、こんな光景を見たかどうか分からない。鯨の解体は青海島の浜辺でしか行われない。たぶん、見たことはなかったに違いない。体験すれば必ず書き残したはずだ。ただ、あの「大漁」の世界と通底するものがあることは確かだろう。

私の家から数分の場所にあのよく知られた鯨墓が建つ。捕獲した鯨の母胎から出た胎児のすべてに戒名をつけて供養したもので、全国でも珍しいそうだ。そんな信仰の厚い郷土である。

この美しい海はこうして私たちの感性や認識を鍛えてくれる。みすゞの特質や世界はこの海まみれの「海の血」と深く繋がっていることは疑いない。

みすゞは二十歳頃から本格的に詩をはじめ、そのほとんどを二十四、五歳頃までに書いている。そのため人の世の奥行きも機微もまだあまり知らない小娘の詩に過ぎないと批判するひともいる。しかし、作品の背景にはみすゞの奥深い広大な世界が裾野のように広がっている。時空にがんじがらめに拘束されたこの実存と葛藤し自然界と一体となったその感性や認識が不思議で広大なみすゞワールドを繰り広げる。そこを見逃してはみすゞの本質は語れないだろう。

■初出・未発表一覧

一　非サイエンス詩学のすすめ
　非サイエンス詩学のすすめ　（未発表　註・一部初出）

二　現代詩の遺産をもとめて
　現代詩の遺産をもとめて
　Ⅰ　荒川洋治　同人誌「朝明」二〇一六年十一月
　Ⅱ　寺山修司　「詩と思想」二〇一九年十一月号
　Ⅲ　吉原幸子　同人誌「朝明」二〇一七年五月
　Ⅳ　岸田衿子　同人誌「朝明」二〇一八年五月
　Ⅴ　石垣りん　「詩と思想」二〇二〇年七月号
　Ⅵ　新川和江　同人誌「朝明」二〇一八年十二月

三　新私考　金子みすゞ
　郷里の詩人・金子みすゞ
　Ⅰ　私が私を食べる詩「お魚」　（未発表）
　Ⅱ　山陰・海・鬼の食事　（未発表）

あとがき

目が覚める。小さな出窓がある。張り巡らされた電線や碍子やマンションなどで空がない。テレビジョンをつける。冷暖房をつける。パソコンを開く。こうして利便性や文明やサイエンスまみれの日常が始まる。この状況下から生まれる文学も芸術もこれらにどっぷりつかってしまっている。そんな中で不意に救い主のように噴出したのが「反」ではなく「非サイエンス」というタイトルである。それはすべてを問い直そうという必定の問いでもある。

不気味に進行するコロナ禍の中、発行に尽力いただいた土曜美術社出版販売の高木祐子氏に感謝したい。

二〇二一年初秋

三田　洋

著者略歴
三田　洋（みた・よう）

□詩集『青の断面』（1970年・光風社）、『回漕船』（1975年・思潮社）第四回壺井繁治賞、『一行の宵』（1992年・詩学社）、『グールドの朝』（1996年・思潮社）、『デジタルの少年』（2006年・思潮社）、『Selection of Mita Yo's Poems』（私家版）、新・日本現代詩文庫5『三田洋詩集』（2002年・土曜美術社出版販売）、『仮面のうしろ』（2013年・思潮社）、『悲の舞　あるいはギアの秘めごと』（2018年・思潮社）
□評論集『感動の変質』（1993年・国文社）、詩論・エッセー文庫『抒情の世紀』（1998年・土曜美術社出版販売）、詩論集『ポエジーその至福の舞』（2009年・土曜美術社出版販売）
□所属　日本詩人クラブ、日本現代詩人会、日本文藝家協会各会員
□現住所　〒157-0073　東京都世田谷区砧4丁目12-1
Email　yomita@sky.nifty.jp

非《ひ》サイエンス詩学《しがく》のすすめ

発行　二〇二一年十月五日
著者　三田　洋
装丁　直井和夫
発行者　高木祐子
発行所　土曜美術社出版販売
〒162-0813　東京都新宿区東五軒町三—一〇
電話　〇三—五二二九—〇七三〇
FAX　〇三—五二二九—〇七三二
振替　〇〇一六〇—九—七五六九〇九
印刷・製本　モリモト印刷
ISBN978-4-8120-2661-8　C0095

© Mita You 2021, Printed in Japan